هذا الكتاب باسم:

دار بلومزبري - مؤسسة قطر للنشر
BLOOMSBURY
QATAR FOUNDATION
PUBLISHING

مؤسسة قطر
Qatar Foundation

إلى كاتي جال - ملكة ساوثبورت كلها - أر سي

صدر هذا الكتاب باللغة الإنجليزية للمرة الأولى في بريطانيا عام ١٩٩٨

Supposing
First published 1998 by Bloomsbury Publishing Plc
36 Soho Square, London, W1D 3QY

صدر هذا الكتاب باللغة العربية للمرة الأولى عام ٢٠١١
عن دار بلومزبري - مؤسسة قطر للنشر
مؤسسة قطر، ڤيلا رقم ٣، المدينة التعليمية
صندوق بريد ٥٨٢٥
الدوحة، دولة قطر
www.bqfp.com.qa

افرضي

فرانسيس توماس وروس كولينز

ترجمة نادية فودة وآندي سمارت

دار بلومزبري - مؤسسة قطر للنشر
BLOOMSBURY
QATAR FOUNDATION
PUBLISHING

مؤسسة قطر
Qatar Foundation

قالَتِ الوحشوشةُ الصَّغيرةُ:

«افْرِضي يا أُمي..
أنَّني اسْتَيقظْتُ في الصَّباحِ..
افْرِضي مثلًا.. أنَّني وجَدتُ في
وَسَطِ الغُرْفةِ..

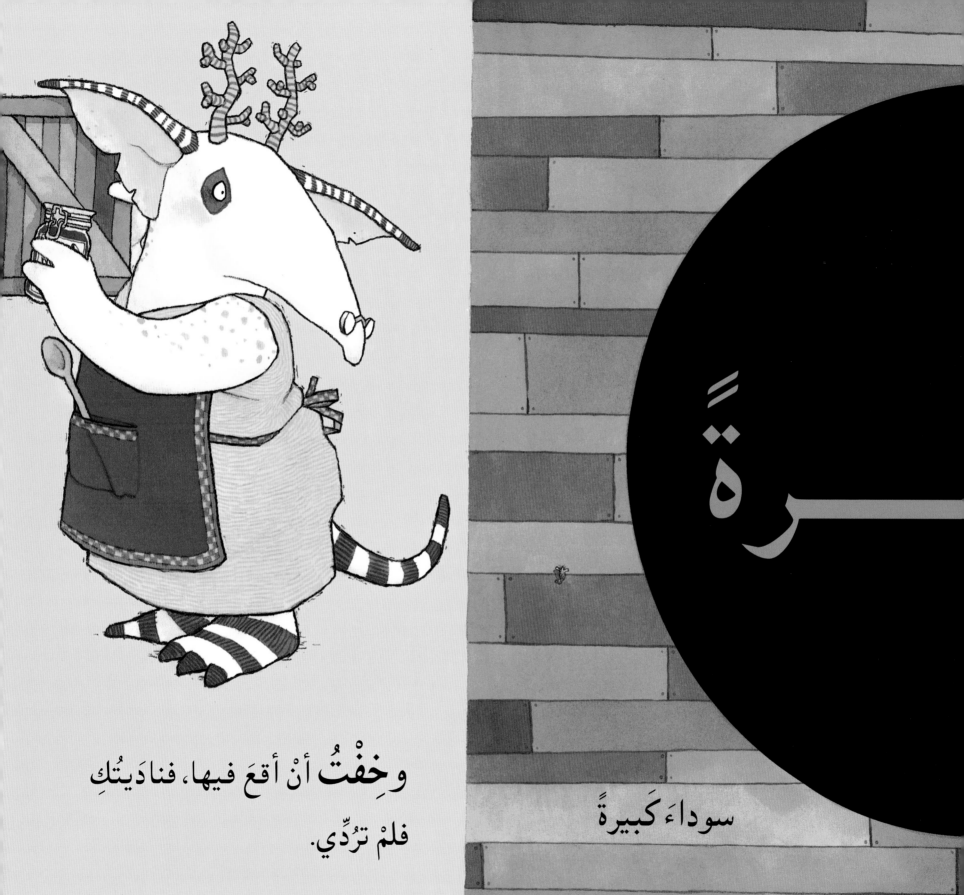

سوداءَ كَبيرةً

وخِفْتُ أنْ أقعَ فيها، فنادَيتُكِ
فلمْ ترُدِّي.

ثُمَّ افْرِضِي أَنَّ الحُفْرَةَ أخذتْ
تَكبُرُ وتكبُرُ، وكانَتْ مُظلِمةً ولها
رائِحةٌ كرِيهةٌ.

ثُمَّ كانَت هُناكَ عَنكَبوتٌ كَبيرةٌ
جِدًّا جِدًّا، أَخَذَتْ تقْتَرِبُ وتقْتَرِبُ.

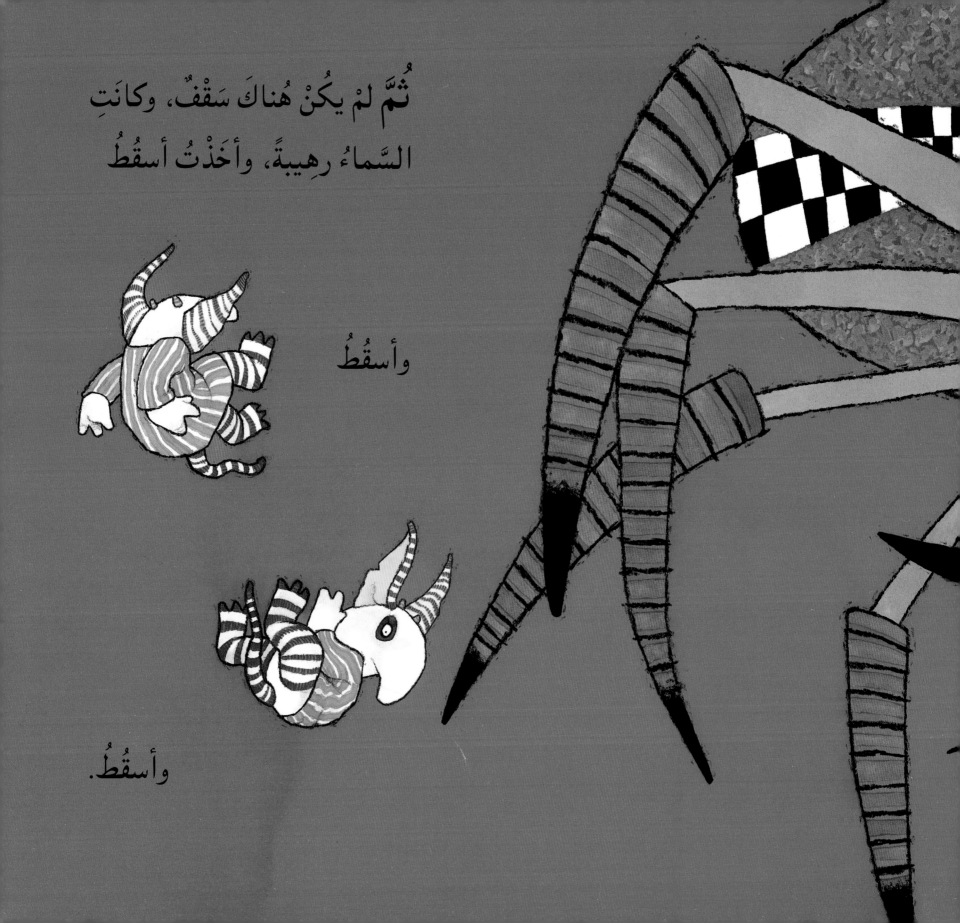

ثُمَّ لمْ يكُنْ هُناكَ سَقْفٌ، وكانَتِ
السَّماءُ رِهيبةً، وأَخَذْتُ أسقُطُ

وأسقُطُ

وأسقُطُ.

ثُمَّ افْرِضي أنَّكِ
لمْ تسْتَطيعي
أنْ تُساعِديني
لأنَّكِ
لمْ
تَكوني
في
المَنزِلِ.

ثُمَّ
بدَأ
المَنزلُ
يحْترِقُ!

وكانَتِ النَّارُ مِن حَوْلي
وأنا أسقُطُ في الحُفْرةِ.

وكانَتِ العَنكَبوتُ
تَسقُطُ أيضًا.

ولمْ أسْتَطِعْ أنْ أرَى
قاعَ الحُفْرةِ.

وأنا أسقُطُ.. وأسقُطُ.. وأسقُطُ...

افْرِضي يا أُمي أنَّ كُلَّ هذا حَدثَ عِندما اسْتَيقظْتُ في الصَّباحِ.

تخَيَّلي ذلك يا أُمي!»

قالتِ الأُمُّ الوحشوشةُ:

«نَعم، سيَكونُ هذا مُرعِبًا جِدًّا!

ولكِنِ افْرِضِي أنَّكِ اسْتَيقظْتِ في
الصَّباحِ فَنادَيْتي عليَّ.. فوَجدْتِني أصْنَعُ
فَطائرَ بالعَسَل.

ثُمَّ افْرِضِي
أنَّكِ أكَلتِ كُلَّ الفَطائر..

ثُمَّ خَرَجْنا معًا للنُّزْهة.

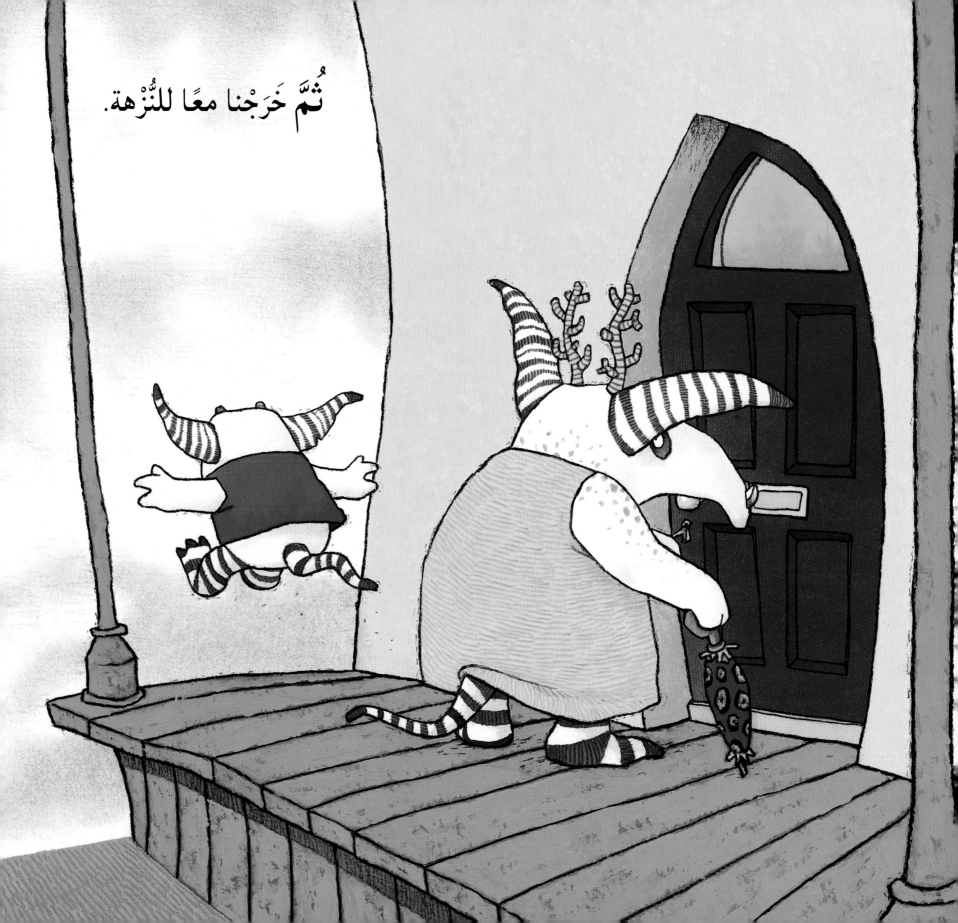

ثُمَّ افْرِضِي أنَّنا
مَشَيْنا ومَشَيْنا حتَّى وجَدْنا
هَضْبَةً خضْراء.

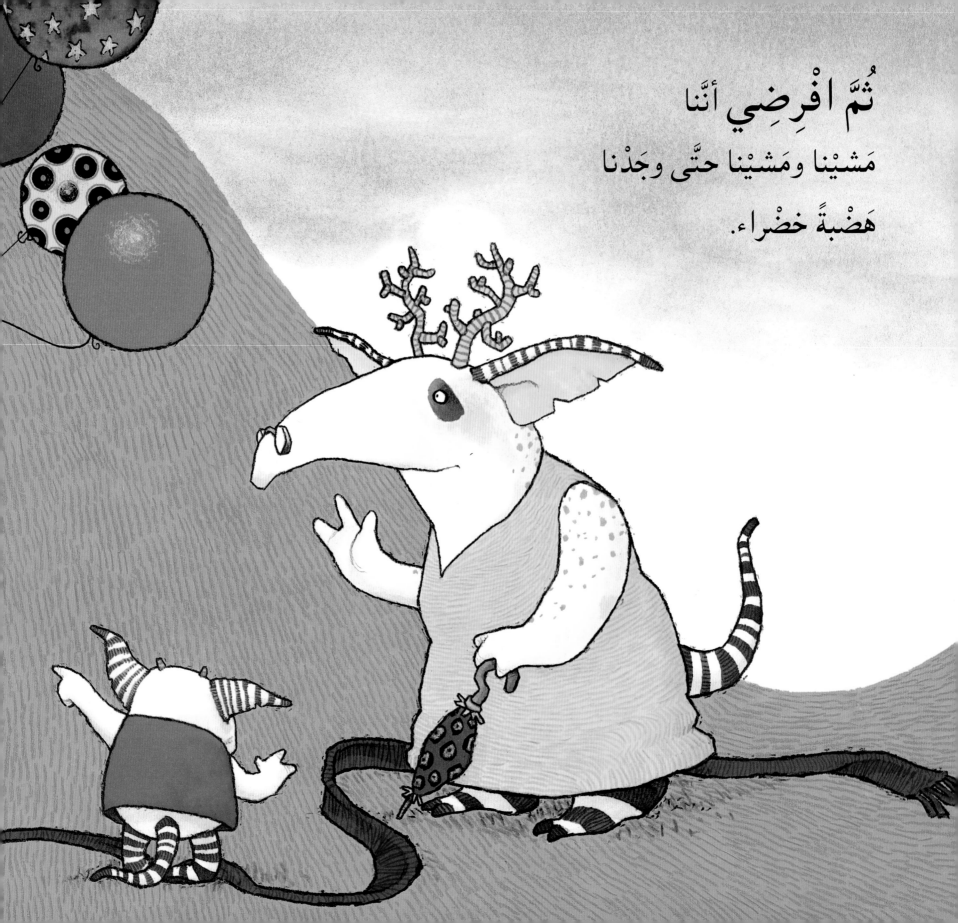

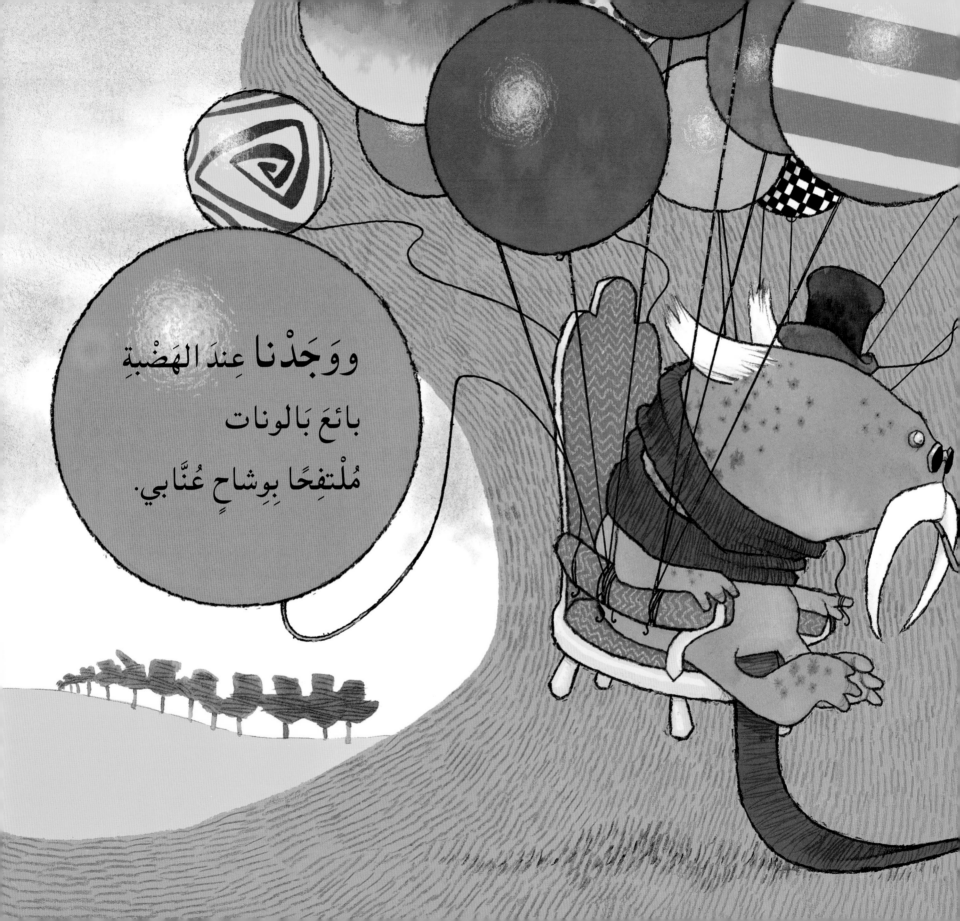

ووَجَدْنا عِندَ الهَضْبَةِ
بائعَ بَالونات
مُلْتفِحًا بِوِشاحٍ عُنَّابي.

ثُمَّ افْرِضي أَنَّني اشْتَرَيتُ
بَالونةً حمْراءَ مِثلَ جَوهَرةٍ حمْراء.

واشْتَرَيتِ أنتِ بَالونةً خضْراءَ
مِثلَ أوْراقِ الشَّجَرِ الخَضْراء..

وبَالونةً زرْقاءَ

مِثلَ السَّماءِ الزَّرقاء.»

قَالتِ الوحشوشةُ الصَّغيرةُ: «وبَالونةً بَنفْسَجيَّة

مِثلَ.. مِثلَ بَالونةٍ بَنفْسَجيَّةٍ جميلة!»

فرَدَّتِ الأُمُّ:

«نَعم، مِثلَ بَالونةٍ بَنفْسَجيَّةٍ جميلة.

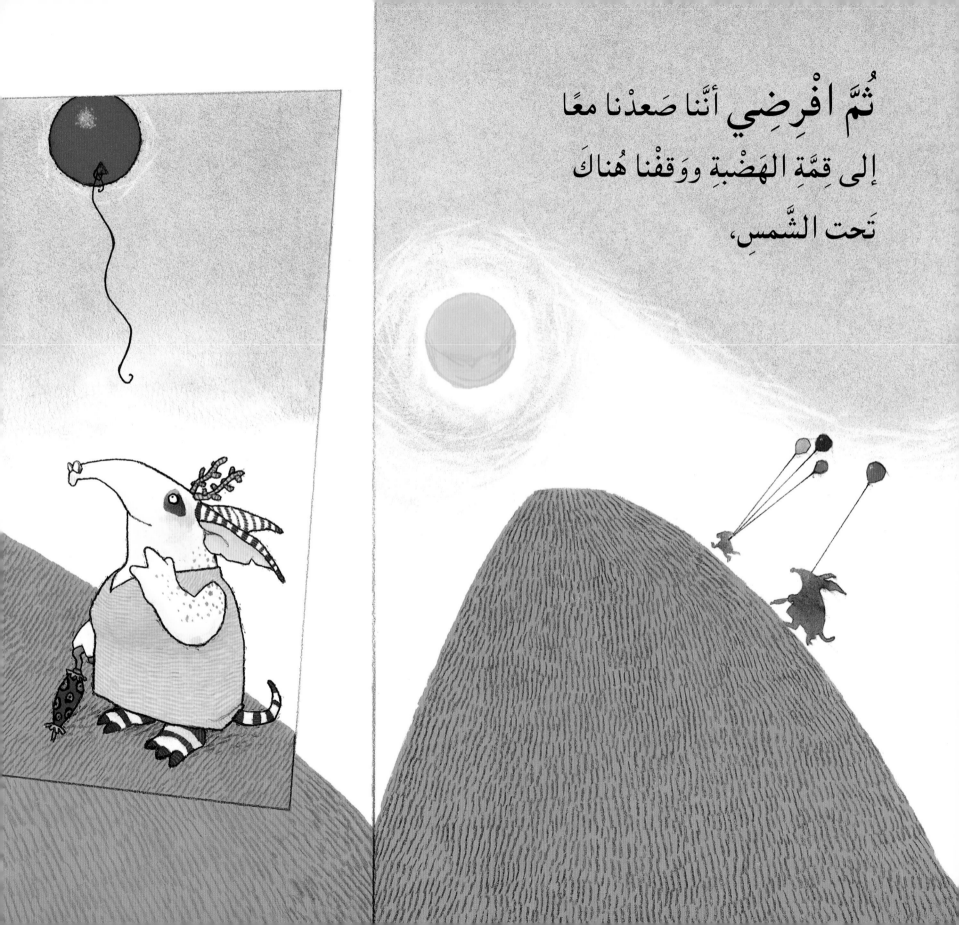

ثُمَّ افْرِضِي أَنَّنا صَعدْنا معًا
إلى قِمَّةِ الهَضْبةِ ووَقفْنا هُناكَ
تَحت الشَّمسِ،

وَأَفْلَتُّ البَالونةَ الحَمْراءَ مِن يَدِي وَارْتَفَعَتْ عَالِيًا، عَالِيًا في السَّماءِ. ثُمَّ أَفْلَتِّ البَالونةَ الزَّرقاءَ مِن يَدِكِ، وَارْتَفَعَتْ عَالِيًا عَالِيًا.. ثُمَّ البَالونةَ الخَضْراءَ.»

فقالتِ الوَحشوشةُ الصَّغيرةُ: «إلَّا بَالوَنَتي البَنَفْسَجيَّة! سَأَعودُ لِلمنزِلِ وَمَعي بَالوَنَتي البَنَفْسَجيَّة.»

قَالتِ الأُمُّ الوَحشوشةُ: «نَعم، سَنعودُ لِلمنزِلِ وَمَعنا بَالوَنَتُكِ البَنَفْسَجيَّة.

ثُمَّ افْرِضي أنَّنا قابَلْنا في الطَّرِيقِ بَائعَ البُوظة.
وافْرِضي أنَّكِ اخْترْتِ نَكْهةَ الفَراولة.. واخْترْتُ أنا
نَكْهةَ الشُّوكولاتة.»

فَقَالتِ الوحشوشةُ الصَّغيرةُ: «أو العَكْس!»

قَالتِ الأُمُّ الوحشوشةُ: «نَعم، أو العَكْس!

وافْرِضِي أيضًا في طَريقِ العَودةِ؛ حِينَ
انْتَهيْنا مِن أَكْلِ البُوظةِ، أنَّ الدُّنيا أَخَذَتْ
تُظْلِمُ ولكنَّنا كُنَّا قد وَصلْنا.

وافْرِضِي أنَّنا دخَلْنا المَنْزِلَ وأشْعلْنا النَّارَ وحَمَّصْنا
شَرَائحَ مِن الخُبزِ..»

فقَالتِ الوحشوشةُ الصَّغيرةُ: «ثُمَّ تَحْكينَ لِي حِكاية.»

«نَعم، سَأحْكي لَكِ حِكايةً. تَخيَّلي ذَلِك!»

فقَالتِ الوحشوشةُ الصَّغيرةُ: «نَعم، سَيكونُ هذا جَميلًا جِدًّا!»

ثُمَّ قَالتِ الوحشوشةُ الصَّغيرةُ: «افْرِضِي أنَّني أخَذْتُ بَالونَتي البَنفْسَجيَّةَ مَعي في السَّريرِ، فارتفعَتِ البَالونةُ للسَّقفِ وظلَّتْ هُناكَ طَوالَ اللَّيلِ.. ولمْ تَسقُطْ!»

فرَدَّتِ الأُمُّ:

«نَعم، سَيكونُ هذا جَميلًا.. جَميلًا جِدًّا.»

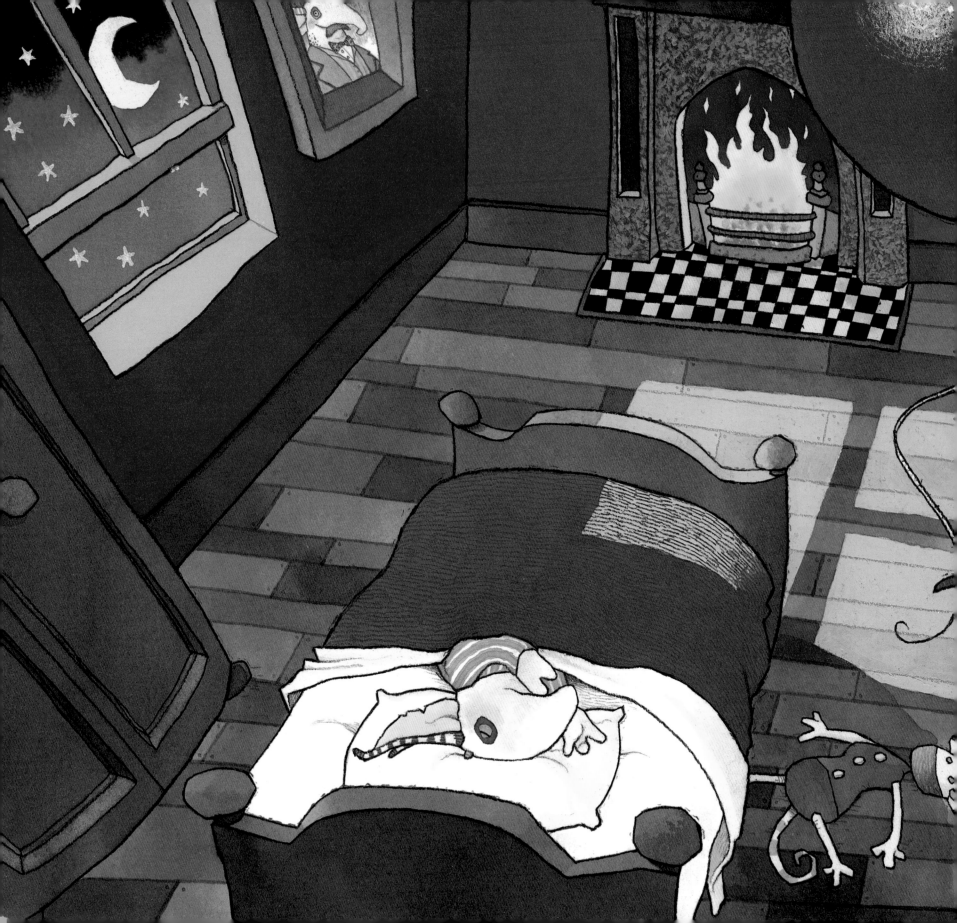

قالوا عن الكتاب

«تناولٌ ذكي ومُبتكر لموضوع الكوابيس، كما يحوي رسومًا بديعةً بالإضافة لذلك.»
مجلة بوكس

«رسم الفنان المَوهوب والمُدهش «روس كولينز» هذا الكتاب لذوي الخيال الجامح، كِبارًا كانوا أو صِغارًا.»
الجارديان، المملكة المتحدة

«بسيط، دافئ، شاعري، عميق، جميل؛ هذا تصوير أخَّاذ لقدرة الأُم في التخلُّص من كابوس ينتاب طفلها مهما كان مخيفًا.»
جلاسجو هيرالد، المملكة المتحدة